AF497319

LES PYGMÉES,

TRAGI-COMEDIE

ORNEE DE MUSIQUE,
d'Entrées de Balet, de Machines,
& de Changemens de Theatre.

*Representée en leur Hostel Royal, au Marais
du Temple à Paris.*

Cunctarum est novitas gratissima rerum. *Ovid. lib. 3.
de Ponto.*

A PARIS,

Par CHRISTOPHE BALLARD, seul Imprimeur du Roy
pour la Musique, ruë S. Jean de Beauvais,
au Mont Parnasse.

M DC. LXXVI.
Avec Permission.

SUJET GENERAL
DES PYGMEES.

S I le charme de la Nouveauté ſurpaſſe tous les autres, en toutes choſes ; (je le puis bien dire apres Ovide, & toute la Terre en demeure d'accord) l'entrepriſe des Pygmées doit plaire à tout le monde, puis qu'on y trouvera non ſeulement la Nouveauté, mais encore tous les autres charmes qui ſervent à faire les plus agréables & les plus nobles plaiſirs du Siecle. La Comedie en eſt le fondement. L'Heroïque y eſt tres-bien ſouſtenu. Le Riſible n'en dément point la Majeſté par la baſſeſſe à laquelle on le voit ordinairement s'allier ; & le Galant, qui enchaiſne l'un & l'autre, fait de ces differens caracteres l'aſſemblage le plus charmant & le plus judicieux qu'on ait veu depuis long-temps. Ce ſont trois beautez en une ; la Greque, la Romaine & la Françoiſe. Les Spectacles pompeux, les Machines toutes ſurprenantes,

les Decorations magnifiques, les Habits extreme-
ment propres, les agrémens de Musique & de Dan-
ces, autant qu'il y en doit avoir, en sont les superbes
ornemens. Si des plus illustres Genies de l'Antiqui-
té, Homere, Aristote, Strabon, Pline, & Olaüs,
n'ont pas dédaigné d'écrire l'Histoire de ces Peuples,
il n'est pas indigne d'un esprit vif & brillant de ce
Royaume, d'avoir déterré cette Nation des montagnes des Indes Orientales, pour la faire servir aux
délassemens du plus grand Monarque qui ait jamais esté, & aux plaisirs innocens de ses Sujets.
Que leur petitesse ne les fasse point mépriser, ils feront tout ce que des Geans feroient, & peut-estre
avec meilleure grace. Ils soustiendront aussi bien
leur merite contre les ignorans & les injustes criti-
ques, qu'ils feront leur pays & leur liberté contre
les Gruës, avec qui ils ont toûjours eû la guerre.
On diroit à tort que nos Pygmées sont des corps
sans ames ; ils en ont trois pour une, & d'aussi rai-
sonnables qu'il en faut pour ce qu'ils ont à faire. Ils
sont semblables en ce point à un certain Roy nommé
Herilus, dont Virgile parle au 8. livre de son Eneï-
de, qui ne pouvoit mourir à moins de trois Morts
assemblées contre luy. A la verité, ce n'est que depuis
qu'ils ont respiré l'air de France : aussi nous remar-
quons qu'ils sont crûs à veuë d'œil, & qu'ils sont
embellis de moitié : le propre de nôtre Soleil estant
de faire profiter tous ceux qu'il regarde favorable-

ment, sur tout les Nations étrangeres. Les Auteurs, que j'ay cy-devant citez, nous apprennent que les Pygmées sont de petits hommes, de la hauteur d'une coudée, qui habitent les montagnes des Indes Orientales; quelques-uns disent les extrémitez de l'Affrique; d'autres, les contrées Septentrionales: mais la plus commune opinion sur ce point, c'est la premiere. Tous conviennent que ce Peuple, monté sur des chévres & des beliers, armé d'arcs & de fléches, chaque année, au Printems, fait la Guerre aux Grües; qu'il écache, le long du rivage de la mer, tout autant d'œufs de ces oyseaux qu'ils en peuvent rencontrer, leur principal but estant d'exterminer cette race ennemie, qui les trouble & les tourmente de tout temps. Pline écrit en son particulier, qu'ils habiterent autrefois la Ville de Geranée en Thrace, d'où ils furent chassez par les Grües; & c'est de là, sans doute, qu'ils prirent occasion de se retirer dans les montagnes des Indes Orientales. Il les appelle quelquesfois Spithamiens. Voila ce que nous en rapportent les Anciens, & sur quoy l'on a imaginé, non seulement l'entreprise des Pygmées; mais encore une piece de Theatre de mesme nom, comme estant plus convenable à l'établissement de la chose. L'on n'a rien épargné pour faire reüssir l'une & l'autre. Si les Curieux répondent aux soins qu'on a pris pour leurs divertissemens, le succez en est infaillible. Ce qu'on n'a point veu jusqu'icy, des

A iij

figures humaines de quatre pieds de haut, richement
habillées, en tres-grand nombre, sur un vaste &
superbe Theatre representer des pieces en cinq actes,
ornées de Musique, de Balets, de Machines vo-
lantes d'une invention toute nouvelle, & de changemens de Decorations, réciter, marcher, actio-
ner comme des personnes vivantes, & tres-agréa-
blement, sans qu'on les tienne suspenduës : c'est ce
qu'on verra desormais à l'Hostel Royal des Pygmées, au Marais du Temple, à Paris.

ACTE PREMIER.

LA Salle entiere represente un puissant Rocher, percé à jour, avec plusieurs niches, à droit & à gauche, qui serviront de loges à ceux qui ne voudront pas estre au Parterre. La Nature semble l'avoir fait exprés pour découvrir au travers le pays enchanté des Pygmées, & servir de passage, du moins aux yeux des Spectateurs, qui souhaitent d'en remarquer les beautez surprenantes. Ce lieu est disposé de maniere, qu'on n'y souffrira ni la chaleur excessive de l'Esté, ni le trop grand froid de l'Hyver. La façade & les supports du Theatre font partie de ce Rocher, & l'on en voit sortir de part & d'autre quantité de cascades & de jets qui forment un canal d'eau vive, au delà duquel on découvre le Palais du Roy. La matiere dont il est basti, l'Ordre, les parties & les ornemens d'Architecture qu'on y apperçoit, n'ont rien de commun avec tous les autres bâtimens qu'on trouve au reste de la Terre.

Le Roy paroist inquiet & chagrin. Microton son confident en impute la cause à l'approche des Gruës, dont le nombre est plus grand qu'il n'a jamais esté ; & tâche à le tirer de son inquietude, en luy vantant le zéle extréme de ses peuples, qui va jusqu'à faire pren-

dre les armes aux femmes, ainfi qu'aux enfans, pour
la deffenfe de fes Eftats. Le Roy luy fait entendre qu'il
fe trouve moins embaraffé des affreufes menaces de fes
ennemis que de fes deux filles, Parvulie fon aînée, &
Pichonine fa cadete, dont la premiere a rejetté l'amour
de Picolus, un de fes Generaux d'armée, pour fe gar-
der à la memoire de Timas, à qui elle avoit efté promi-
fe en mariage; & la feconde eft recherchée par ce mê-
me Picolus, depuis qu'il a effuyé les refus de l'aînée,
& par Belus, en mefme temps, fon autre General, & le
premier qui s'eft déclaré pour cette cadette. Ces deux
Princes font extrémement neceffaires au Roy, pour
luy conferver fes Eftats, fur tout, dans la prefente con-
jonĉture, où fes ennemis femblent beaucoup plus
forts que luy. Si Parvulie eût agreé la recherche de
Picolus, Belus eût eu lieu d'époufer Pichonine; le Roy
fe fût fait de ces deux gendres deux fermes appuis de
fon Trône; & l'obftination de Parvulie le prive de ce
grand avantage. D'ailleurs, il craint de faire un dan-
gereux mécontent d'un de ces deux Generaux, en donnant fa cadette à l'autre; c'eft ce qui fait fon trouble
& fa peine. Voyant approcher ces deux rivaux & les
Princeffes, il commande à Microton d'aller au Temple, pour apprendre le fuccez d'un Sacrifice qu'il a or-
donné pour rendre Mars favorable à fes Armes, & de
luy en rapporter au pluftoft des nouvelles. Les deux
Princes, chacun en fon particulier, fe plaignent au
Roy de ce qu'il n'a point encor fait entr'eux le choix
d'un gendre, & nommé l'Epoux de Pichonine. Il s'en
excufe d'une maniere obligeante, & rejette la caufe de

fon

son silence sur Parvulie. Picolus témoigne qu'il n'y songe plus, d'un air qui luy attire une douceur très-piquante de la part de cette Princesse. Pichonine qui trouveroit sa satisfaction à les voir tous deux unis sous les loix de l'Hymen, d'autant qu'elle n'auroit plus de traverses à essuyer dans ses amours avec Belus, & qu'elle l'épouseroit suivant ses souhaits, invite sa sœur à traiter plus favorablement ce Prince; mais elle y perd son temps & ses paroles. Ces deux Rivaux prests à se pousser au sujet de Pichonine, sont arrestez par le Roy, qui voudroit remettre ce choix qu'ils pressent aprés le combat : mais enfin il se voit obligé de declarer, que celuy des deux qui sera le vainqueur de ses ennemis, sera l'époux de sa cadette ; à quoy ils donnent les mains avec plaisir. Microton revient du Temple avec plusieurs Officiers & Assistans du Sacrifice, tous allarmez de ce qui s'y vient de passer ; & deux des Officiers, aprés une symphonie qui marque leur inquiétude & leurs alarmes, chantent ces paroles,

Qu'allons-nous faire,
Helas, helas,
Si le Dieu des Combats
Nous est contraire?
Helas, helas,
O Mars estes-vous las
D'estre nôtre Dieu Tutelaire?
Quoy ne voulez-vous pas
Détourner la misere,

B

Et le trépas
De nos climats ?
Qu'allons-nous faire, &c.
Si des ingrats
Dans ces Eſtats
Ont oẓé vous déplaire,
Confiez-nous vôtre colere,
Nous les immolerons nous-meſmes de ce pas.
Qu'allons-nous faire, &c.

Les autres expriment par leurs démarches &
par leurs actions, au ſon des inſtrumens, le chagrin, la crainte & la douleur qui les agitent. Le
Roy ſurpris de ces plaintes en demande la cauſe à Microton, qui luy donne lieu de craindre que Mars ne
favoriſe ſes ennemis à ſon déſavantage. Le recit qu'il
fait des incidens finiſtres qui ſont arrivez au Sacrifice, jette la peur & l'étonnement dans l'ame des Prin-
ceſſes ; Picolus n'y peut reſiſter ; le Roy s'en laiſſe em-
parer ; Belus le r'aſſure : Sémiandre, un des Aſſiſtans, en
fait de meſme, & luy conſeille de députer quelqu'un
au Ciel, pour tirer de Mars l'éclairciſſement de leur
doute. Le Roy, aprés avoir pris l'avis des Princes, le
commet avec Homoncius pour cette députation, dont
il ſe charge volontiers. Tous ſe retirent. Ormin confident de Picolus, que les affaires d'Eſtat touchent
moins que celles de ſon amour pour Francine confidente de Pichonine, diſſipe les idées triſtes & lugu-
bres que l'auditeur pourroit avoir conceuës dans les
Scenes précedentes, par ſon teſte-à-teſte avec ſa maî-

treſſe. Ce pauvre amant ſe voyant enfin mépriſé , ſe veut tuër de deſeſpoir; mais le Roy luy fait le plaiſir de l'en empeſcher. Il demande à ſon Confident ſi Sémiandre doit bien-toſt partir; Il apprend qu'il le verra dans peu s'enlever aux Cieux ſur un char attelé de quatre Aigles, que la faim & l'inſtinct naturel portent à ſuivre en l'air du gibier en vie , que Sémiandre & Homoncius tiennent en veuë de ces oyſeaux ; mais dans un tel éloignement, qu'ils n'y peuvent point atteindre. Ces deux Députez paroiſſent auſſi-toſt dans leur machine. Le premier fait les complimens au Roy, qui luy promet une récompenſe conſiderable au retour de ſon voyage. Ils pourſuivent enſuite leur route, & le Roy ſe retire incontinent aprés, avec ſa ſuite. Le vol de ces deux Députez eſt aſſez nouveau dans ſon eſpece, puis qu'il part d'une des aiſles gauche du Theâtre, comme pour entrer dans celle qui luy eſt oppoſée; & neantmoins ſe va perdre ſur le Cintre.

Fin du premier Acte.

ACTE SECOND.

UN Parc composé de Jardinages, de Parterres, de Bois, de Figures, de Fontaines, & autres embellissemens, en fait la décoration.

Ce lieu, pour ainsi dire, sert d'azyle à Parvulie contre les persecutions continuelles du Roy son pere, qui s'efforce de luy arracher du cœur l'amour qu'elle veut éternelement conserver pour le Prince Timas, dont les funestes idées l'entretiennent dans des chagrins & des douleurs qui ne luy donnent aucun relâche. La Plainte qui suit, & qu'elle chante, pour donner plus de force à sa passion, fait voir les sentimens qui regnent dans son ame.

PLAINTE DE PARVULIE.

Que feras-tu, mal-heureuse Princesse,
   Que dois-tu devenir ?
Tu ne reverras plus l'objet de ta tendresse ;
S'il vit, c'est dans ton cœur, & dans ton souvenir,
  Helas, & chacun s'interesse
   A l'en bannir.
Que feras-tu, mal-heureuse Princesse,
   Que dois-tu devenir ?
  On pretend que j'oublie

L'illustre Amant qui me tient sous sa loy,
Que je le prive de ma foy:
Non, je ne consens point à cette perfidie :
Qu'on m'arrache plûtost le jour,
Je perdray moins qu'en perdant mon amour.
Mais seule avec tant de foiblesse,
Pourras-tu long-temps soûtenir
Les durs efforts qu'on redouble sans cesse
Contre l'unique objet de ta juste tendresse,
Dont on cherche à te desunir ?
Que feras-tu, mal-heureuse Princesse,
Que dois-tu devenir ?

Aprés un moment de silence & de reflexion secret-
te, elle reprend la parole, & chante l'Air suivant.

AIR DE PARVULIE.

Cherchons l'Echo dans le fonds de ces Bois,
Luy seul par la charmante voix
Peut soulager un cœur qui languit dans ses chaînes:
Il offrira du moins ce plaisir à mes peines,
De me redire incessamment
L'aimable nom de mon Amant.

Elle n'a pas plûtost cessé de chanter, qu'elle apperçoit avec chagrin Zélone sa confidente, à qui elle
confirme la resolution où elle est, de ne changer jamais son amour pour Timas. Zélone luy répresente
qu'il a esté défait dans le dernier combat donné con-

tre les Gruës. Cette raiſon, & pluſieurs autres qu'elle
employe pour la perſuader du contraire de ſes ſenti-
mens, ne ſervent qu'à l'y affermir davantage. Des
Bergers enfoncez dans l'épaiſſeur des Bois, qui ne
ſongent qu'à ſe divertir entr'eux, chantent fort à propos le Dialogue ſuivant.

DIALOGUE DES BERGERS.

PREMIER BERGER.

Il n'eſt rien de ſi beau qu'un cœur tendre & fidelle.

SECOND BERGER.

Il n'eſt rien de ſi doux qu'une amour éternelle,
Alors qu'un autre cœur brûle des meſmes feux.

PREMIER BERGER.

C'eſt de quoy remplir tous nos vœux.

ENSEMBLE.

Mais quand on brûle ſeul, & non pas deux à deux,
Il n'eſt rien de moins beau qu'un cœur tendre & fidelle;
Il n'eſt rien de moins doux qu'une amour éternelle.

Zélone invite encore cette Princeſſe à ſe défaire d'un
feu qui la fait brûler en vain. Parvulie luy ferme la
bouche en peu de mots, dont voicy les derniers.

Ce ſont là de l'Amour les veritables loix,
Aimer toûjours, & n'aimer qu'une fois.

Enfin, ne ſçachant plus par où combattre la réſo-
lution de ſa Maîtreſſe, elle ſouhaiteroit que les meſmes Bergers expliquaſſent, à ſon défaut, ces maximes
amoureuſes. Ils le font ſans paroiſtre de concert avec
elles, & chantent les paroles ſuivantes.

CHANSON DES BERGERS.

Il faut, il faut aimer toûjours,
Quand nous ſommes aimez, ſans ceſſe ;
Mais ſi d'un coſté l'amour ceſſe,
De l'autre il doit finir ſon cours.

Parvulie reſte inébranlable dans ſon deſſein d'aimer Timas éternellement, nonobſtant que Zélone
luy ait redit ce qu'elle vient d'entendre des Bergers;
meſme ajoûté que la mort luy doit avoir enlevé l'a-
mour de ſon Amant avec ſa vie. Pichonine fait plaiſir
à Zélone de la relever d'un entretien où elle auroit
peine à fournir. Cette Cadette n'a pas plûtoſt commencé de parler à ſon aînée en faveur de Picolus,
qu'elle eſt contrainte à ſe taire. C'eſt en vain qu'elle
luy voudroit faire croire que le ſeul intereſt d'Eſtat
l'anime en ce rencontre, puis que Parvulie, non ſeulement la force à déclarer que Belus eſt le Souverain de
ſon ame ; mais encore luy fait entendre qu'elle con-
noiſt bien que la recherche de Picolus la gêne &
l'outrage, qu'elle s'en taiſt au Roy pour ne le pas aigrir,
& qu'enfin elle n'aimeroit à le voir ſon Beau-Frere, que
parce qu'elle le hait pour ſa ſeule perſonne, & plus encore, pour la qualité de ſon époux qu'il recherche avec
empreſſement. Parvulie, aprés avoir raillé finement ſa

sœur, la voyant preste à s'emporter, luy en épargne la peine par sa retraite. Pichonine demeure seule avec sa confidente, qui calme, autant qu'elle peut, le trouble de son cœur. Bélus, avant que de s'engager au Combat, vient prendre congé de sa Princesse. La retenuë de l'une & l'ardente amour de l'autre font la matiere d'une conversation toute charmante, que le désespoir d'un Amant qui se voit rebuté, démentiroit à la fin, si la tendresse allarmée de Pichonine ne forçoit sa bouche à déclarer ouvertement son amour à ce Prince, à qui cette déclaration manquoit pour s'en croire absolument aimé. Bélus reste dans une joye indicible, & dans des ravissemens inconcevables: mais l'abord de son Rival, sa fausse bravoure, & ses railleries grossieres, l'obligent à soûtenir le caractere d'un veritable Heros & d'un Amant qui se connoist aimable autant qu'il est aimé. Le Roy survient & s'étonne de voir ces deux Generaux ensemble éloignez des Armées, dont il leur a donné le commandement. Bélus s'en justifie. Picolus prest à faire le mesme, s'arreste pour faire observer Sémiandre qui revient des Cieux, avec des asseurances de r'emporter une entiere victoire sur leurs ennemis, & d'un secours extraordinaire que Mars leur doit envoyer à ce sujet. On peut s'imaginer combien ces agreables nouvelles causent de joye dans l'esprit du Roy, & combien elles relevent le courage des Princes. Les sentimens genereux d'une part, & les obligeantes promesses de l'autre ne manquent pas; & ce font eux qui terminent cét Acte. Les Bergers qu'on vient d'entendre chanter, sans les avoir veûs, paroissent aux yeux des Auditeurs, pour leur

chanter

chanter les paroles ſuivantes , & dancer aprés une
Entrée de Balet , qui convient au ſens de ces paroles.

AIR DES BERGERS.

Tout eſt mort dans nôtre vie,
Sans l'Amour & ſes douceurs ;
Il eſt l'ame de nos cœurs,
Quand ils ſuivent ſon envie :
Conſentons tous au trépas
Plûtoſt que de n'aimer pas.

Fin du ſecond Acte.

ACTE TROISIESME.

LE Theâtre réprefente, d'un cofté, le camp des Pygmées, & de l'autre des rochers inacceffibles, avec la Mer en perfpective.

Timas paroift en l'air avec trois de fes Amis, tous portez par des Gruës, & tous dans le deffein de déli-livrer à jamais la Patrie des ennemis qui la tourmentent. Ce Prince qui ne doit pas eftre furpris pour mieux furprendre, entendant du bruit, s'en retourne derriere les rochers, d'où il eftoit forty. Les Pygmées marchent & fe rangent en bataille. Le Roy fait un difcours à fes Armées, qui feul donneroit du courage aux plus timides. Les Generaux y répondent comme ils doivent. Microton donne avis au Roy de l'approche des Gruës, dont le nombre eft plus grand qu'il n'a jamais efté. Les Princes fe réjoüiffent d'avoir une fi belle occafion de fignaler leur valeur, & Picolus va fe mettre à la tefte de fon Armée. Bélus prie le Roy de fe retirer; ce qu'il fait avec des termes fort obligeans. Ce brave General voyant les Gruës fort avancées, donne les ordres neceffaires pour le combat, qui fe fait enfuite avec beaucoup de vigueur au bruit d'une Symphonie, qui donneroit envie de combattre à ceux qui n'y fongeroient pas. Timas, dans le temps que les Gruës font toutes affemblées, & s'acharnent le plus au carnage, s'éleve en l'air au deffus d'elles, dans toute l'étenduë de leur Armée, avec tous ceux de fes amis & de fes confidens, qu'il a difpofez à fon ex-

pédition : ils laissent tous tomber des filets qui les enve-
lopent & les atterrent de telle sorte, qu'elles ne sont plus
en estat ny d'attaquer ny de se défendre. Bélus s'ima-
gine alors que ce secours extraordinaire est celuy que
Sémiandre a fait esperer de la part de Mars. Il luy
vient à propos pour empescher ses soldats de prendre
la fuite, & pour leur faire achever la victoire que
Timas a commencé d'asseurer. On combat enfin avec
une ardeur incroyable. Il ne reste que tres-peu de
Gruës qu'on enchaîne. Les Pygmées se retirent au son
des instrumens qui joüent des fanfares. Bélus apper-
cevant de loin Timas sans le reconnoistre, & quelques-
uns de ses Amis à sa suite, s'arreste pour sçavoir quels
ils sont. Il est fort surpris, & fort ravy quand il revoit
ce Prince qu'il estime infiniment, aprés avoir crû si
long-temps qu'il estoit mort. Timas luy fait entendre
que ce secours, dont j'ay parlé cy-devant, est l'effet de
son amour pour la Patrie, & de l'assistance de ses amis.
Ces deux Princes, aprés quelques complimens reci-
proques, quittent la Scene pour aller informer le Roy
de ce qui s'est passé. Ormin voulant meriter les bonnes
graces de sa Maîtresse, qui n'aime que les gens de
cœur, fait ce qu'il peut pour se montrer vaillant. Il
jure, il peste, il paroist fort en colere, il vomit des in-
jures, il tranche, il pointe, il estocade de loin contre
les Gruës qui restent sur la place. Que luy serviroit-il
de s'en approcher, & de porter ses coups sur elles, puis
qu'elles ne les sentiroient pas ? Ce seroit peine perduë.
Jusques-là jamais homme n'a paru si brave ; mais jamais homme aussi n'a paru si lâche, qu'au moment
qu'il entend des soldats qui viennent pour enlever les

corps des Pygmées & des Ennemis qui sont demeurez
dans le Combat, & qu'on parle d'assommer & d'achever ce qui conserveroit encore quelque reste de vie.
Sa prudence luy conseille de faire semblant d'avoir
perdu le jour, pour ne le pas perdre en effet : il donne
aveuglement les mains à cét avis salutaire. Comme il
voit dans la suite, qu'on le plaint de sa disgrace, &
qu'on ne songe point à luy faire aucun mal, mais seulement à l'emporter avec les autres corps morts ; il se
ressuscite luy-mesme, & finit cét Acte par quantité
de plaisanteries fort divertissantes. Des soldats armez
dançent, en réjoüissance de la Bataille gagnée sur les
Gruës, & forment une Entrée de Balet toute de Jeux &
de Plaisirs. Le cliquetis de leurs Armes, les acclamations publiques, le bruit des instrumens, toutes ces
choses ensemble font un mélange pour les yeux & pour
les oreilles, qui n'a rien que de fort charmant. L'on
chante les paroles suivantes en faveur de la Victoire.

CHANT DE VICTOIRE.

Victoire, Victoire, Victoire.
Bannissons de nôtre mémoire
Les chagrins & les maux souffers :
Victoire, Victoire, Victoire.
Ne songeons qu'à chanter la gloire
Des Heros qui brisent nos fers :
Victoire, Victoire, Victoire.
Ne pensons, malgré l'humeur noire,
Qu'à joüir des plaisirs offers :
Victoire, Victoire, Victoire.
Fin du troisiéme Acte.

ACTE QVATRIESME.

L A Scene change & fait voir une Place publique
composée de plusieurs sortes de bâtimens, &
quantité de Pygmées aux feneſtres, en attendant le
triomphe des Vainqueurs.

Le Roy, que la Victoire aſſeure ſur ſon Trône, en
meſme temps qu'elle établit pour jamais le repos &
la liberté de ſes Peuples, exprime la joye qu'il en
reſſent. Pichonine au contraire, ſe plonge dans une pro-
fonde triſteſſe, ſe voyant prés de paſſer dans les bras
d'un Prince pour qui elle n'a que du mépris & de
l'averſion. C'eſt Picolus, à qui l'on attribuë la victoire, & qui, ſuivant la parole expreſſe du Roy, que
le Vainqueur ſera l'époux de ſa cadette, la doit in-
failliblement épouſer. La repugnance, les larmes, les
prieres, les violens tranſports de cette Princeſſe ne
peuvent vaincre la fermeté de ſon pere, & le faire
conſentir à violer ſa parole. Microton ſaiſi de douleur vient informer le Roy de la mort d'un des
Generaux. Pichonine ſouhaiteroit que ce fût Picolus; mais Microton ne ſçait abſolument qui des
deux a perdu la vie, & toutefois donne lieu de croire
que c'eſt Bélus, plûtoſt que ſon Rival. Le coup eſt
trop accablant pour la Princeſſe; elle y ſuccombe auſſi
dans le moment, & ſe pâme entre les bras de Francine.
Le Roy donne ordre à ſon confident d'aller chercher
du ſecours. Parvulie ſurvient & ſe montre fort ſur-
priſe de trouver ſa ſœur en cét eſtat. Elle en apprend
la cauſe de ſon Pere. Tous deux, & Francine de ſon

cofté, font ce qu'ils peuvent pour la faire revenir de fa pâmoifon. Le nom de Bélus, qu'elle entend prononcer, fait luy feul plus que tout le refte. Ce qui oblige le Roy de luy faire accroire que ce Prince eft vivant, & qu'elle le doit bien-toft voir, fuppofant qu'un courier, dans le temps qu'elle eftoit évanoüie, eft venu luy en apporter la nouvelle affeurée. Cette fauffeté veritable luy épargne la moitié de fes déplaifirs. Elle refte toûjours en proye aux autres, que luy caufe l'affreufe penfée d'époufer l'objet de fa haine. Un foldat annonce l'arrivée du Vainqueur. Pichonine fe retire auffi-toft, ne pouvant fouffrir la veuë de ce Prince odieux, ny mefme qu'on en parle en fa préfence. Un moment encore l'euft fait fortir de fon erreur & de fes chagrins pour entrer dans une joye inconcevable; elle euft veû fon cher Bélus, contre l'attente de toute la Cour; elle euft appris que Picolus avoit ufurpé la qualité de Vainqueur qui appartenoit à fon Rival, qu'il auroit affafliné fans ce foldat à qui il avoit confié fon deffein, & qui avoit feint de le vouloir exécuter pour en empefcher la cruelle exécution; & pour furcroift de contentement elle euft appris la mort de ce perfide. Parvulie a efté mieux infpirée, de demeurer auprés fon Pere; elle revoit fon aimable Timas, qu'elle croyoit dans le tombeau. Toutes fes efperances revivent, & fes déplaifirs meurent pour jamais. Ces Princes font receus du Roy comme ils le meritent. Timas luy rend compte de ce qu'il a fait pendant fon abfence, & luy explique par quel moyen il a fecouru fes Armées, & contribué à la Victoire qu'on a remportée fur le Gruës: auffi le Roy veut qu'il triomphe conjointement avec Bélus, mais d'une

autre maniere, & luy accorde la main de Parvulie,
dont il a tout le cœur. Ceux qui liront ou verront
reprefenter la Piece auront la fatisfaction de remarquer quantité de jeux de Theâtre, de furprifes & d'en-
tretiens touchans qui font renfermez, non feulement
dans cét Acte ; mais encore dans tous les autres, &
dont je ne parle point icy pour abreger ce Difcours,
autant qu'il m'eft poffible. Ormin qui n'a que fa Francine en tefte, & qui la cherche par tout, la rencontre
fort empreffée d'aller trouver le Roy. Il ne peut jouïr
qu'un moment de fon entretien, encore eft-il forcé ;
ce moment toutefois qu'il paffe avec elle, en fera paffer
de fort agreables à l'auditeur. Le Triomphe de Bélus,
par terre, & de Timas en l'air, fur des Gruës, fe fait avec
toute la pompe & toute la magnificence qui luy conviennent. Le fpectacle en eft d'autant plus curieux
qu'il eft rare & particulier à ce Peuple. Plufieurs gens
de qualité prevenans les réjoüiffances publiques, dancent une Entrée de Balet tres-galante, aprés qu'un
d'eux a chanté ce qui fuit.

CHANSON D'UNE PERSONNE DE QVALITE'.

L'Amour a pour nous
Des peines cruelles ;
L'amour a pour nous
Des plaifirs bien doux :
Les Ames rebelles
Souffrent fes rigueurs ;
Les Amans fidelles
Goûtent fes douceurs.

Fin du quatriéme Acte.

ACTE CINQVIESME.

C'Est dans un Palais beaucoup plus magnifique que le premier, enrichy de colomnes de lapis, de plumes d'oyſeaux de differentes couleurs, & autres choſes précieuſes, que ſe paſſe le dernier Acte.

Sémiandre fait entendre au Roy, que ſon voyage aux Cieux eſt purement ſuppoſé, & que c'eſt une ruſe qu'il a pratiquée pour r'affermir le courage des Peuples, que les incidens fâcheux arrivez au Sacrifice avoient extrémement ébranlez ; & pourtant que ſa machine luy a ſervy pour aller trouver Timas, avec qui il a toûjours eû commerce pendant ſon abſence, afin de le preſſer de s'approcher au plûtoſt, pour mettre au jour l'illuſtre entrepriſe dont le ſuccés eſt ſi favorable à la Patrie. Le Roy luy en ſçait bon gré, & commande à Microton de faire venir Pichonine. Sémiandre s'entretient avec luy de la joye qu'il croit que cette Princeſſe doit reſſentir de ſon mariage avec Bélus, la croyant informée de la verité touchant le vainqueur & de la mort de Picolus : mais il apprend que l'erreur de cette Princeſſe dure encore, & que le Roy l'y entretient exprés, pour la punir d'avoir eſté rebelle à ſes volontez, au ſujet de Picolus, qu'il luy parloit d'épouſer, dans le temps que luy-meſme le croyoit autheur de la victoire. Elle arrive avec Microton qui la conduit. Son pere la preſſe de préparer ſa main pour la donner au vainqueur ; elle y réſiſte autant qu'elle peut. Enfin, aprés avoir inutilement tenté les prieres

&

& les pleurs, elle luy présente un poignard, & le con-
jure de le luy plonger dans le sein. Bélus se trouve à
propos pour la désarmer. Ce n'est pas l'obliger dans
le désespoir où elle est ; elle le fait bien connoître par
les instances qu'elle fait à ce Prince de luy ravir le
jour, ou de la délivrer d'un hymenée qui luy paroist
plus terrible & plus cruel que la Mort. Il est aisé de
penser qu'il n'a point d'oreilles pour ces outrageantes
prieres ; car comme il croit sa maîtresse désabusée
des faux bruits que Picolus avoit fait courre, & per-
suadée de la verité, ainsi que toute la Cour, il s'ap-
plique toute la répugnance & toute l'aversion qu'elle montre pour ce mariage, auquel il aspire avec
tant d'empressement, & ne peut consentir à se trahir
luy-mesme, en donnant les mains à la perfidie ap-
parente qu'elle semble opposer à son ardeur fidele.
Pichonine prend son refus pour un sensible outrage, & le traite avec tout le mépris & toute l'indi-
gnation qu'elle croit luy devoir. Il ne sort point
pour cela du respect ; il se plaint seulement de ce
qu'elle n'a point esté présente au triomphe ; & en attribuë la cause au peu de cas qu'elle fait de sa per-
sonne & de ses feux. Cette plainte l'oblige à luy
faire valoir ce procedé comme une insigne marque
de son amour extrême ; n'ayant pû, dit-elle, prendre plaisir à voir son rival (c'est Picolus dont elle
entend parler) parmy les acclamations publiques,
insulter à leurs feux & dérober sa gloire ; ny s'imaginer qu'il ait merité les honneurs qu'il a receus, & les
lauriers dont on l'a couronné. Timas présent à cét entretien, qui n'est point informé de l'erreur de cette
Princesse, & qui vient de triompher avec Bélus, se fait

une sanglante injure de ce discours piquāt, il la traite aussi, sur tout, au sujet de ce mot de rival, d'une maniere qu'on auroit peine à luy pardōner, si la présence de Parvulie ne l'excusoit en quelque façon. Pichonine en paroist toute surprise, d'autant plus qu'elle ne pense point à ce Prince; & comme elle veut éclaircir toutes choses, sa sœur l'entreprend & la pousse assez pour vanger son amour & ses charmes qu'elle croit avoir esté cruellement outragez. Le Roy pouvoit épargner tous ces déplaisirs à Pichonine ; mais il y semble prendre plaisir. Elle en fait cesser une partie par la déclaration qu'elle fait, que ce qu'elle a dit jusqu'icy de désobligeant, ne regarde ny sa sœur ny Timas, mais seulement Picolus ; & son pere la délivre de tous les autres en luy apprenant la mort de ce Prince, dont le nom seul luy a causé tant de maux & d'alarmes ; luy assûrant encore Bélus pour son époux. Les tendres éclaircissemens, les douces esperances, la joye & les plaisirs prennent la place des troubles, des chagrins, des larmes & des peines qui ont regné jusqu'à present. Le Roy ne veut plus entendre parler désormais que de réjoüissance. Francine secondant ses intentions, invite chacun à les suivre par ces paroles qu'elle chante.

CHANSON DE FRANCINE.

Joüissez, joüissez des charmes de la vie,
Tandis qu'ils flatent vos desirs ;
Il n'est plus temps de goûter les plaisirs,
Lors qu'on en a passé l'envie :

Les biens les plus charmãs perdent tous leurs appas,
Du moment qu'ils ne plaisent pas.

Si le Roy parle d'établir des jeux & des festes, c'est, sur tout, pour y honorer le Monarque Dieu des François, & pour luy rendre grace de la glorieuse protection, dont les Pygmées luy sont redevables. Les Princes & les Princesses applaudissent ces nobles sentimens. Mercure paroist en l'air, & leur témoigne que les Dieux les approuvent. Voicy comme il s'explique.

DISCOURS DE MERCURE.

Les Dieux viennent de tout entendre,
Et je vous declare pour eux,
Qu'ils ne prendront jamais pour une offence,
Que vous instituiez des festes & des jeux
En l'honneur du Dieu de la France ;*   *LE I
Que vous poußiez vers luy des vœux ;
Et que vous l'adoriez dans des Temples fameux.

Le Soleil traversant le Ciel sur son char, qu'il conduit en demi-cercle, le déclare en son particulier, avec des termes trés-obligeans. Ce sont ceux qui suivent.

DISCOURS DU SOLEIL.

Quant à moy, je luy céde en tout la préference ;
Et si les nuits, aussi-bien que les jours,
Ne servoient pas à son ardeur guerriere,

D ij

Dans le milieu de ma carriere,
Souvent pour luy j'arresterois mon cours.

Le Soleil eſtant diſparu, Mercure recommence à parler de la ſorte.

AUTRE DISCOURS DE MERCURE.

Quoy que de ma nature,
Je ſois un peu fourbe & menteur,
Le Soleil qui ne fût jamais un impoſteur,
Fait voir que mon diſcours eſt la verité pure.

Mars croit qu'il eſt de ſon devoir de faire la meſme choſe. Il ſort du fonds de la Gloire, ſur ſon char, qu'il fait deſcendre à trois pieds de terre, & s'en acquite de fort bonne grace. Aprés quoy il remonte aux Cieux, vers le cintre, avec une telle rapidité, que la veuë a peine à la diſcerner. Jugez ſi Mars n'eſt pas pour le moins autant éloquent, qu'il eſt brave ; & conſultez pour cela les termes ſuivans, dont il ſe ſert.

DISCOURS DE MARS.

Moy pareillement je l'aſſûre ;
C'eſt bien à ma confuſion,
Et je ſuis garant que Mercure
Dit vray dans cette occaſion.
Il peut encor plus dire ;
Meſme, il en a permiſſion.
La France eſt à préſent un ſi célebre Empire,
Que mes Co-éternels, s'il eſtoit queſtion

De l'échanger (par suppofition)
Contre leur féjour qu'on admire,
Ils recevroient bien-toft la propofition,
Y foufcrivât, fans doute, ils n'auroient pas du pire;
Pour moy, je ne dirois pas non :
Je me contenterois à moins (l'ofay-je dire ?)
Je me contenterois de porter le grand nom
Du Monarque Divin, qui... mais je me retire.

Mercure difparoift au mefme inftant que Mars, luy coupant chemin, par un vol hemi-fphérique, tout contraire à celuy du Soleil. Toute la Cour fe retire pour aller joüir des plaifirs qui luy font préparez.

Deux partis, l'un de Vignerons & l'autre de Bergers, font voir la part qu'ils prennent à la joye publique. Un des premiers chante ce qui fuit.

CHANSON DES VIGNERONS.

Compagnons, guerre, guerre, guerre
Contre l'amour & le chagrin ;
Armons-nous du pot & du verre,
Bachus conduit nôtre deftin.
Si quelque foin nous preffe
Dans ce combat divin,
C'eft qu'on tire fans ceffe
Par tout des coups de vin.

Les Vignerons dancent enfuite. Le mefme chante ce fecond couplet.

SECOND COUPLET DE LA CHANSON
DES VIGNERONS.

Combattons tous avec audace,
Et cédons au nombre des coups ;
Il nous faut rester sur la place,
Et demain nous revivrons tous :
Quand il s'agit de boire,
Les loix du Dieu Bachus
Ne donnent la victoire
Qu'à ceux qui sont vaincus.

Une lumiere toute surprenante, que la veuë ne peut presque supporter, oblige le Roy & toute la Cour d'interrompre cette réjoüissance, pour chercher la cause de cette merveille. Jupiter assis sur son Trône, dans un ciel tout brillant de gloire, au milieu de tous les Dieux, la luy fait bien-tost connoître, & luy confirme ce que Mercure luy a témoigné de leur part. C'est ainsi qu'il en parle.

DISCOURS DE JUPITER.

Tu vois au milieu de ses Dieux
Le Maître du Tonnerre.
Ils te confirment par ma voix,
Ce que Mercure a dû te faire entendre
Au sujet du Dieu des François.
Le Ciel prendroit le party qu'il faut prendre
S'il se soûmettoit à ses loix.   [ples,*
Nous vous sçaurons bon gré de luy bâtir des Tem-
Et dans nos cœurs, au moins, nous suivrons vos
exemples.

N'ayez point de plus chers desirs,
Que de servir, tantost à ses plaisirs,
Et tantost à chanter sa gloire :
Nous en ferons de mesme, & vous le devez croire.
Que dans tout l'Univers,
Et sur la Terre, & dans les Airs,
Cette nouvelle soit semée
Par Mercure & la Renommée.

Ces deux Divinitez obeïssent incontinent à ses ordres. Elles s'élancent, pour cét effet, du Ciel en terre; s'élevent ensuite en l'air, formant un demy-rond, à l'opposite l'un de l'autre, & prennent enfin leur route, coste à coste, vers le Cintre, où elles se dérobent aux yeux des Spectateurs. Les Vignerons & les Bergers que la presence du Roy & de la Cour avoit troublez dans leurs plaisirs, recommencent leurs Jeux & leurs Chansons, pour achever la réjoüissance publique & les divertissemens de la Piece.

CHANSON DES VIGNERONS.

Heureux qui peut suivre
Le Dieu des Tonneaux !
Le Vin seul nous livre
Les biens sans les maux.
Le plus doux Empire,
Bachus, c'est le tien ;
Si l'on y soûpire,
C'est d'estre trop bien.

Les Bergers jaloux des interests de leur Dieu, font

chanter sur le mesme air des Vignerons les paroles
suivantes à la gloire de l'Amour.

SECOND COUPLET CHANTE' PAR UN
des Bergers sur l'air des Vignerons.

Soyons sous les armes
Du Dieu des amours;
Parlons de ses charmes,
Pensons-y toûjours:
Ainsi nôtre vie
Dans tous ses momens
Se verra remplie
De plaisirs charmans.

Leurs agreables débats se terminent enfin par un
heureux accord. Ces paroles qu'ils chantent d'un &
d'autre party, en r'enferment les articles & les rai-
sons incontestables.

TROISIESME COUPLET CHANTE' PAR LES
Bergers & les Vignerons ensemble.

Bachus sur la terre
Fût bien amoureux;
L'Amour & sa Mere
Boivent dans les Cieux:
Voulons-nous nous faire
Un sort plus heureux?
Cessons nôtre guerre,
Et faisons comme eux.

L'entrée de Balet qu'ils dancent tous ensemble, est
l'agrément qu'ils y donnent.

Fin du cinquiéme Acte